길 에 서
영 혼 을
달 래 다

김명수 시집

차 례

1부 _ 잊으라고 그리 쉬운가

2부 _ 나는 촌놈 검정고무신

3부 _ 나랑 같이 울자 능소화야

4부 _ 외로우면 한잔하시게

1부

잊으라고 그리 쉬운가

폐가의 뜰에 앉아

폐옥이 품었던 따뜻한 가문의 흔적
애비의 애비 또 애비의 아들과 손자

시들어가는 씨불의 터 숨은 고리의 비밀들
수많은 인연들 삶의 여정 그 흐름의 뒤안길

가버린 세월 도도한 자취 한 편의 서사시
무상의 허무를 알고 있던 침묵의 고요여

폐가를 감싸는 공기의 냄새는 무겁고
옛적 그대로 변함없는 주춧돌의 맹세

퇴적된 먼지 속 벌거벗은 빛바랜 사진들
하나의 역사였고 웃고 울며 살아온 사연

서까래 땅을 짚고 대들보 기울어가는 비애
옛 주인 자화상 지나간 세월 속 그려 보네

사라짐의 섭리 어머니 품속으로 다가오는 어둠
자연의 순리에 묵념과 회한으로 추모하나니

7월 칠석

오작교 지독한 로맨스
연정 남녀 그리움 소생

어머니는 정성 빌어
대문 기둥 금줄 두르고

이슬 먹은 황토 캐 와
대문 입구 흩뿌려요

하얀 고운 떡 백설기
마음 때 깨끗이 씻지요

가을 초입 문턱을 넘고
국화꽃 봉우리 기지개

까치와 까마귀들
다리 놓으러 떠나고

서울 간 님 오시려나
담장 넘어 눈이 가네

잊으라고 그리 쉬운가

가슴을 맞았습니다
핏줄 속이 터지도록

죽는 데 필요한 돈이
37만 원이라 해서

2만 원을 미리 썼습니다
일곱 대(잔)를 한 벌(병)로 해서

5벌 35대를 맞았습니다
온몸이 갈기갈기 찢기도록

괴로워서 힘들어서
숨 쉬는 게 미안해서

한순간만이라도 죽을 수 있다면
망각의 늪에 빠져들고 싶어서

그런 바람은 아침 이슬이었고
가슴에 송곳만이 더 아픕니다

어떤 일도 일어날 수 있습니다 허나

결코 일어나선 안 될 일도 있습니다

진리(法) 진실은 변하거나
왜곡되어선 절대 안 됩니다

그래야 그러하여야
사람 사는 곳입니다

옆에 있어만 준다면

깊은 상처를 가진 이에게는
어떤 말로도 글로도 행위로도
위로할 수 없음을 알아야 한단다

상처의 아픔 기막힌 사연은
보여줄 수 없는 슬픈 자존심이야
가슴에 숨긴 기꺼운 유언장같이

위로하고 격려하지 말아라
상처가 터지고 아물 때까지
침묵 속 눈물 한 방울 보태주거라

소중한 인연 사랑하는 이라면
자신의 더 깊은 상처를 보여주거라
공감의 숨결 꽁꽁 언 마음 녹일 수 있어

자신의 마음 먼저 열지 않고는
그 누구의 마음을 볼 수 없단다
꽃처럼 있는 그대로 보여주려마

구름처럼 살다 가련다

바람 불면 한곳에 머물려 집착하지 않으련다
바람 부는 대로 정처 없이 방랑길 떠나련다

햇빛 비추면 거짓 몸뚱아리 안주하려는
추악을 떨치고 미련 없이 자취 감추련다

외압에 복종하거나 비굴해서도 아니옵고
시비 경계 알 바 없어 자유롭게 살련다

산봉우리 가로막으면 이해하고 용서하고
초목이 목마르면 응어리 한으로 비 내리고

지치고 힘이 들면 깊은 계곡 물소리 들으며
자욱이 내려앉아 침묵 속 숨 고르며 놀란다

나지막한 메아리 계곡 울리는 신비의 소리
휘파람 따라 불며 지화자 좋다 춤추며 살란다

미쳐야 산다

그려 미친 거여
맞아 미친 거여
미쳐야 사는겨
그래야 사는겨

거짓이 진짜같이
허위가 판을 치니
진실이 미친 거여
세상이 돌은 거여

하늘도 미쳐 갈겨
땅도 미처 가겠지
짖어 미친개처럼
울어 도살장 소처럼

맨정신 환장하는겨
제정신 가슴치는겨
나라도 울고 있잖여
백성도 울고 있잖여

풀어야죠 풀고 살아야죠

분노한 맺힘 풀어야지요
관습의 굴레 옥죄는 감정

억누르는 무게 마음속 응어리
바윗돌 주워 가슴에 쌓았더냐

—어차피 그랬어 참고 살아야지 어떡해—
넋 나간 헛소리 머슴기질 노예근성이요

반발하라 분출하라 가슴을 열어라
웃어라 울어라 욕하라 소리 지르라

무엇이 두려워서 속으로 삭이는가
진부의 시대는 갔다 몸과 정신으로

살아 있음을 증명하고 엎드리지 마라
행진곡이 울리고 걸어가는 자는 나이므로

자유의 시작은 감정과 행위의 해방이요
저항하라 어떤 힘에도 굴복하지 마라

가는 구름처럼 걸림 없는 바람처럼
훨훨 날아라 인생은 단 한 번뿐이잖소

100년 후 환경파괴범들 선고 재판

농약을 만들어 지구상 식물과 생물을 죽인 자
비 오는 날 독극물을 냇가로 바다로 방류한 자
사형— 시체를 둘로 나누어 산과 땅에 버려라

포장용 등 비닐 제품을 생산 사용케 한 자
플라스틱 제품을 만들어 남발케 한 업자
무기징역— 쓰레기를 먹고 똥을 생산케 하라

자연을 훼손해 건축물 및 골프장 등을 만든 자
석유 등 광물을 과용해 지구온난화 재촉한 자
징역 15년— 하루에 나무 500그루를 심고 물 주라

자연 동물을 잡거나 죽여 생태계를 교란한 자
자연 식물을 남용 재취하여 멸종시킨 자
징역 10년— 우리에 가두어 음식 쓰레기를 먹여라

종이를 많이 사용하여 벌목에 기여한 자
걷지 않고 과용하여 차를 몰고 다닌 자
징역 5년— 신문 책 등을 먹이고 바닷물을 주어라

분리수거 안 하고 지 맘대로 처리한 자
농약을 사용하여 농사나 가축을 키운 자

징역 3년— 쉰밥과 버린 채소를 먹어라

꽃과 나무 등을 꺾어 자기만 즐기려 한 자
산과 바다에 놀러 가 쓰레기 버린 자
징역 1년— 어두운 방에 가두고 밖을 못 보게 하라

거리에 침 뱉고 노상 방뇨 등 대지를 학대한 자
담배 피우고 꽁초를 버린 자(제 해당 사항. 봐주세요)
(알았어) 징역 1년 집행유예 3년

—이건 너무 과하십니다
—시끄러워 일단 지구별을 살리고 감면해줄겨
(나는 끝까지 살아서 저들이 벌 받는 거 보고 죽을겨)

손맛이 있더이다(콩국수)

어머니들의 지혜가 콩국의 비결일세
아침상 물리고 그날 날씨를 점치고

오늘을 덥겠다 가족들 입맛 걱정하지요
곳간에 콩 한 됫박 우물가에 담그시고

사시가 되면 콩을 삶는데 그 비결
콩대로 불 지펴야 불맛이 제대로

맷돌에 콩을 갈면 뽀얀 속물
우물 속에 담가 열기 식히고

밀가루 반죽 홍두깨로 밀고 밀어
넓은 치마 접어 신기 예술적 칼질

국수를 삶아 냉수에 헹구면
쫄깃쫄깃 그 맛이 일품인지라

시장 콩국이 제맛이 안 나는 것을
입맛이 변해서 그렇다 하지만

입맛은 그대로요 어머니 손맛

정성과 사랑의 정이 없는 차이라

윗동네 할매 콩국수 먹자 전화 왔소
한 수저 입에 넣으니 그립던 옛 맛이네

한 대접 후딱 정과 맛이 감탄이요
콩국수 진맛에 배가 터질 것 같으오

무지개를 따다 주리라

연인이 무지개를 원하네요
사랑이 무엇인지 모르지만요

남들은 별도 따다 준다고 하네요
머스마 사랑 갈망 그 누가 막아요

한 번에 일곱 색을 따 오면 신이 노하니
일 년에 한 색씩 따 오마 약속하더라

1년 차 빨강을 심장에 담아 오리라
열정의 불꽃처럼 사랑하리라

2년 차 주황을 아랫배에 담아 오겠소
인내를 가지고 기다려주시오

3년 차 노랑을 머리에 담아 오리라
평화의 세상에 살게 하리라

4년 차 초록을 가슴에 담아 오겠소
마음의 쉼터를 받아주시오

5년 차 파랑을 두 발에 담아 오리라

희망을 가지고 기다려주시오

6년 차 남색을 두 팔에 담아 오지요
겸손한 마음으로 살아주시오

7년 차 보라색을 온몸으로 담아 오리라
사랑이 익어가는 포도주 한 잔 주시오

그때가 되면 내 나이가 환갑이구려
어찌하오 그래도 내 마음 받아주겠소

—에고 에고 나는 사랑 같은 거 안 할란다—

사람이 울고 있어요

큰 나무 아래
소리 없이 누군가 앉아 있어! ! !
떠돌이 개가 잠을 자려는가???

고목나무 아래
홀로 있으니 외로워 보여! ! !
다른 개들은 어디로 갔을까???

큰 나무 아래
하염없이 북쪽 하늘만 보고 있어! ! !
길을 잃어 나설 방향을 찾고 있는가???

고목나무 아래
외로워서 별들과 대화하고 있나 봐! ! !
눈물을 흘리네 왜 저리 슬프게 울까???

큰 나무 아래
사람이구나 외롭고 고독한 인간이구나! ! !
절망의 끝자락 죽음으로 가려는가???

사람들아! 거기 누구 없소? 아무도 없소?
자기만 보지 말고요! 제발 저기 좀 봐주세요!

누구라도 저 사람 이야기 좀 들어주세요!
저 외로운 사람 좀 꼬옥 안아줄 사람 없나요?

비 오는 날 행복이 찾아온다

내리는 빗소리 엄마의 자궁 속 심장 소리
평온한 흐름의 가락 잠이 스르륵 다가온다

하늘이 준 한가함 생각나는 들기름 타는 냄새
호박 썰고 고추장 풀어 빨간 장떡을 부치는구나

들일 밭일도 비 오면 쉬는 날 느긋한 여유로움
가난 속 부자 이웃집 순이네 철이네 나누어 주고

누이는 아버지 드실 막걸리 사러 달려 나간다
안주가 있으면 당연 아버지 얼굴엔 미소 가득

솥에는 햇감자 옥수수 익어가니 풍요함이여
누이 형아 둘러앉아 웃음꽃 만발 소란하여라

빗소리 요란해도 그 소리 또한 어울림이요
비의 축복 행복의 신들이 그 집으로 모여든다

풋사랑이라고

그래도 사랑이야
가슴이 뛰었거든

고향의 초등학교
그네를 타고 밀고

수줍게 바라보는
두 눈에 별 보였지

나뭇잎 부끄러워
그 동무 눈 감았지

심장이 콩닥콩닥
숨 막힌 입술 맞춤

떨리는 가슴과 가슴 사이
장미꽃 이보다 아름다우랴

보고픈 여린 동무
수채화 사랑이여

바람 머물던 자리
나는 아직도 서 있네

행복은 연습이다

행복을 느끼며 자각하며 사시나요
하루에 몇 번씩 행복감에 희열하나요
행복의 기준은 주관적인 개념이겠죠
누구는 행복을 느끼지 못하는 아주
작은 상황에도 맘껏 느끼는 분도 있어요

커피 한 잔의 여유와 행복
음악 감상의 전율과 행복
책을 보며 감동과 행복
일을 마치고 성과와 행복

꽃과 자연의 신비와 행복
운동하며 땀과 행복
이웃과 대화 속 웃음과 행복
어린 아해의 재롱과 행복

돌아보면 행복 요소가 무척 많지요 그러나
자각을 못하고 지나쳐요 마음과 감성이 메말라
있는 거예요 깨워야 해요 노력해야죠 마음을
열고 스스로 행복 만드는 연습을 해보세요

처음에는 생각하고 말로 표출해보세요

아! 행복하구나 이것이 행복이구나 자기최면을
걸어보세요 세상천지가 아름답고 사는 게 문득
기적처럼 가슴에 와 닿는 걸 알아챌 겁니다

가슴을 여세요 마음을 여세요 변화를 주세요
스스로 만드는 것 이것이 마음공부예요
매사에 감사하고 고맙게 받아들이고
습관화하다 보면 마음공부가 서서히 익어갑니다
번뇌 망상이 사라지고 주인공이 되는 거예요

♡저의 작은 연습, 새벽마다 집 앞길을 청소하는데요
할 땐 몰라요 마치고 대문 앞에서 뒤돌아보면
가슴이 뛰어요 아 좋다 깨끗해서 행복하다
하루 종일 싱글벙글 기분이 날아갑니다
큰 행복이 아니라 소박한 행복이겠죠♡

모두들 행복 많이 만들어 행복 가득하세요

매미야 아직도 그러하니

아직도 인연을 못 찾은 거니— 애가 타는구나
나처럼 혼자 살다 가면 안 되겠니

짝을 만난다고 다들 행복한 건 아니잖니
목숨 건 단 한 번의 사랑 지조는 있다마는

멋지긴 하지 그 사랑이 최선의 진실이라면
사람은 아니란다 한 번 두 번 세 번 네 번—

비웃겠지 어쩌니 사실인데 진실이 없는 거야
사람 마음속엔 악마가 살거든 망각이라고 해

그래 알아 진실한 사랑엔 악마가 못 산다는 거
더 웃기는 건 두세 사람을 동시에 사랑도 하나 봐

그렇지 미친 사람일 거야 마음은 하나뿐인데
양심도 염치도 모르는 불한당 짐승일 거야

맞아 그럴 수 있어 머리 진화가 덜된 걸 거야
염색체 한두 쌍이 동물적 세포로 있는 걸 거야

그런 얘기 하지 말자 사랑은 바보들만 하는 거야
매미야 짝을 못 찾으면 나하고 친구하며 살자

고향 하늘 바라보다

꿈결에 잠 깨어 하늘 홀연 쳐다보니
북녘 하늘 북두칠성 유난히 빛나네

정성의 칠성단 온 마음 자식 걱정뿐
타향살이 딸내미 집 떠나는 아들내미

정안수 올리고 두 손 빌던 곱디곱던 어머니
그리움 눈에 비춰 별 하나 별 둘 눈물 세누나

이 산 저 산 길 찾아 헤매던 무명의 아들
고향 등진 불효자 찢어진 가슴 20여 년

옛집은 허물어져 풀밭으로 변했으리
칠성단 돌무더기 자취나 있을는지

찬바람 국화꽃 만발하는 이번 가을엔
보고픔 달래볼까 고향 발길 돌려볼까

견공의 마지막 결심

진돗개 40 아키다 30 불독 20 발바리 10
유전적 잡종견 사람들이 똥개라 불러요

슬프고 서러워 이렇게 한마디 할래요
저의 할매가 갑자기 돌아가셨어요

장사 치르고 삼우제 지내고 그날 밤입니다
자손들 모여서 후사 정리하고 상의하던 중

저를 개장수에게 팔아버리자 합디다
그 말은 보신탕집으로 직행한다는 말이죠

그날 밤 도망쳤어요 떠돌이 개들과 어울렸지요
이틀 지나 할매가 보고파 눈물이 자꾸 나요

할매와 다니던 할배 산소가 생각났어요
술 냄새 고시레물 할매가 여기 계셨어요

좋았어요 아늑해서 여기 살기로 마음먹었어요
아는 바보네 집에 가면 밥 얻어먹을 수 있거든요

15년을 할매와 살았어요 사람 나이로 77세입니다

한 2년 더 살아보다 할매 옆에 있다 죽을 거예요

떠돌이 개들은 인간들의 변덕 희생물이에요
인간들 그러는 거 아니야 그렇게 살면 못써요

코스모스 너랑 안 놀아(동심으로 돌아가요)

난 니가 싫어
이름도 맘에 안 들어

씨 뿌려 모종 키워
옮겨다 심었는데

목마르다 박 바가지
물 한가득 퍼다 주고

혹시나 다칠까 봐
돌 주워 담장 치고

정성껏 보살펴서
예쁜 꽃 피웠는데

벌 오면 벌 좋다 하고
나비 오면 더 좋아하고

철수 오면 살랑살랑
영희 오면 싱글벙글

내가 보면 모르는 체

키운 정성 몰라주니

몸이 아프면 참아도
마음 아프면 못 참아

미워! 너랑 안 놀아
내년엘랑 어림없다

왔으니 가겠지

입춘이면 어떠하고(코 향기롭겠지)
입추면 어떠하리(눈 즐겁겠지)

입하면 어쩌라고(귀 열리겠지)
입동이면 어찌하리(입 다물겠지)

연연할 필요도 이유도 없지요
세월 잡는 절기 작두의 칼날이요

호들갑 떨 일 더더욱 없어요
무심이 유심 가면 오는 이치요

옷 벗고 싶고 몸뚱아리 내보이면
겨울 가고 봄이 오고 있겠지요

옷 입고 싶고 몸뚱아리 감추면
여름 가고 가을이 오고 있을 테고

여름은 본래 더우니까 좋고요
겨울은 원래 추우니까 좋지요

마음 열면 그만 지구는 변함없이 돌고요

철 때를 알고 나이테 수를 세어 뭐 하리요

송편을 먹든 떡국을 먹든 개나 닭을 먹든
나는 모르오 가는 대로 오는 대로 살래요

세월아 같이 놀자

원 안에 갇힌 시곗바늘아
말뚝에 박혀 자유가 없구나
굴레에 묶여 날지도 못하네

초침은 내가 돈다고 세월이 갈까나 하고
분침은 나누고 쪼개니 세월이 안 간다 하고
시침은 시끄럽다 조용히 가라고 나무라네

청년기엔 시간이 너무 느리게 간다 하고
중년기엔 분주하니 시간 가는지 모르고
노년기엔 눈만 깜박여도 세월이 가버리지

누구에겐 초를 다투고
어떤 이에겐 분이 아쉽고
많은 이에겐 시를 소중케 하지

너희를 멈추어 세월을 잡을 수 있다면
초 분 시침을 묶어 품에 넣고 살려만
저놈의 태양과 달이 돌고 도니 어쩔꼬

세월이 가려는 곳 추운 숲으로 가는 길
세월을 가지고 놀아야 즐겁게 사는 것이라
같이 가자 함께 놀자 재미있게 돌고 놀아보자

숟가락 젓가락

최초의 혼란은 무극 생명의 잉태
무극은 음과 양의 조화를 낳았지

숟가락은 임신과 출산
젓가락은 노동과 고통

숟가락은 어머니 마음
젓가락은 아버지 마음

숟가락은 배려와 나눔
젓가락은 지혜와 용기

숟가락은 바다와 강이요
젓가락은 대지와 산이요

숟가락질함으로써 독립적
자아선언 자립의 증표요— 두 살

젓가락질함으로써 주체적
자유를 얻으려는 반항의 시작— 다섯 살

숟가락 젓가락 한 손에 휘두름은
내 맘대로 살겠다는 인격 선언이다— 여덟 살

검은 눈물의 탱고 발자취

4분의 2박자 심장을 태우는 고통의 리듬
돌아오지 못할 대서양 노예선의 슬픈 뜨락

채찍의 핏방울 노예의 발자국 아프리카 설움이여
침묵의 눈 속에 고이는 뜨거운 눈물이여

멈출 듯 멈출 듯 살아나는 비극의 북소리
넋을 잃은 몸부림 울분의 검은 다이아몬드

돌고 돌고 영혼의 리비도는 울고 또 울고
꿈속 헤매는 찢어진 검은 독수리의 날개여

깃털의 떨림 토인들의 분노의 몸부림
검은 영혼들 미쳐가는 환란 댄스의 비극

자유여 영혼이여 신은 어디에 있단 말이냐
억압과 핍박 잠시라도 잊고파라 해방의 꿈

탱고의 리듬이 멈추는 순간 검은 피를 토하고
절망의 태양이 떠오르면 뜨거운 피를 마시리라

2부

나는 촌놈 검정고무신

길에서 영혼을 달래다

어두운 밤길을 떠나는 나그네
시골길 칠흑에 묻혀버린 강줄기

길을 건너는 동물들 생사를 겨룬다
인간의 이기 괴물의 불빛은 앞을 가리고

죽음의 인연은 가차없이 들이닥친다
순간의 운명 핏빛으로 사라져버리고

도로 위에 깔린 사체들 고라니 뱀
고양이 너구리 강아지 개구리 토끼

나그네여 발길을 멈추라
향불을 대신해 담배 한 개비 불을 붙이고
노잣돈 동전 세 닢 허공에 던져 외친다

산 자들이여 살아 있는 생물을 존중하라
죽은 생물을 기리고 예의를 갖춰 명복하라

이번 삶은 하찮은 미생으로 태어났지만
다음 생은 더 나은 생을 주소서 눈물 흘린다

지장보살 지장보살 지장보살이시여
이들을 천도하소서 기꺼이 천도하소서

가시는 길목에서

마지막 이승
오늘이라 하더이다

처음 가는 저승
내일이라 하더이다

오늘과 내일의 차이
들숨 못 내쉬면 여기와 저기

남겨진 이승 인연들
울고 나면 어제(前生) 일 잊을 테고

새로운 저승 인연은
새롭게 모레(死後)에 맺으세요

어제는 물(水)을 주더니
오늘은 불(火)을 주옵나니

비나이다 불(火) 마시고
체하지 마옵소서

육신일랑 물 따라 놀고

혼백일랑 바람 따라 노소서

이 몸 불(火) 마시는 날
당신 곁 찾아뵙고

못 나누고 남겨둔 정
두 손 잡고 나누리라

열 살에 인생에 대한 통찰

몸이 아프면 한약을 먹는데 정말 싫다
엄마가 약 먹으면 라면 끓여 준다 하길래

눈감고 코 막고 억지로 먹었더니 아니다
그때 알았지 어른들도 거짓말한다는 걸

초등학교 때 반장을 했는데 이건 아니다
온갖 잔심부름 친구들 말썽 문제 피우면

교무실 불려 다니고 매 맞는 거 다반사
그때 알았지 앞에 나서면 개고생 한다는 걸

서로 좋아하던 여자아이가 있었는데 웃긴다
어느 날부터 같이 놀지 않는데 다른 남자애가

과자니 선물 사 준다고 변심을 해버리더라
그때 알았지 여자는 재물에 약해 배신한다는 걸

인생살이 중요한 게 경험에 의한 참지혜인데
살아보며 배운 지혜 중 반 이상을 그때 알았지

어른이나 아이나 별반 다를 게 없음을 알았고
나 외에는 세상에 믿을 사람 없는 거 같더라
(아니 내가 나를 믿을 수가 있나 힘들지 그럼)

바람에 꽃편지 보내오

남에서 봄소식
전해오는데
님 계신 곳엔
꽃바람 아니 부나요

꽃비 오는 날
만나잔 맹세
서풍에 잊으셨나요

보고픈 그리움
가슴속 숨기면
그만이지만

님에게 가고픈
애달픈 연정
선잠의 꿈에라도
잊을 수 없어

꽃잎 편지 바람에
띄워 보내오리니

국화꽃 된서리

시들기 전에
하늘 아래 살아 있단
소식만이라도…

품었던 첫날밤
분홍 향기 잊지 마시고

기나긴 동짓밤만은
홀로 눈물 흘리지 않게
오이소 오이소
꼭 꼭 오이소

옛 추억의 회상

낯선 도시 낯선 사람들 낯선 재즈 바
위스키 잔 앞에 놓고 추억에 빠져든다

나팔꽃 흐느낌 눈을 감을 수밖에
애절타 가슴 서려 숨소리도 못 내네

아련한 속삭임 하얀 도화지에 그린 추억
잠자던 동굴 속 감성을 재즈 비트가 흔든다

재즈 바 포도주 향기 심장의 고동소리
사랑한 여인과 수줍던 입맞춤 그림자

영혼을 잃어버린 구름— 포옹의 블루스
음악에 취하고 여인에 취해 춤을 추었지

비극의 사랑 색소폰의 떨림이 깨우고
중년 청춘의 붉은 피 솟구치는 밤이여

흐르는 눈물 한 잔의 위스키 들어 주신이여
떠난 여인을 위하여 추억을 위하여— 건배

상사화야 치마라도 걸치구려

속치마만 입고서 누구를 홀리느냐
겉옷은 어디 두고 맨몸으로 나왔더냐

쭉 뻗은 다리며 연분홍 맵시는
절세미인은 맞다만 수줍음이 없구나

지나던 나그네 눈길을 돌리게는 한다만
대범한 네 모습 함부로 대하긴 그러하네

햇빛을 사랑한 뜨거운 정열의 꽃이더냐
달빛을 사모하는 은근한 서러운 꽃이더냐

산신령 여식이라 세상 부끄럼 모르나보이
내 공부 마치고 나면 추파 한번 던져 보겠네

밥 한 끼 자연에 얻어먹고

혼자 사는 이 삼시세끼 챙기기 고역인지라
한 끼 굶고 한 끼는 건너뛰고 한 끼는 그래도

하루 한 끼 그거야 걱정할 일 없지
쉽게 살건 어렵게 살건 하루살이

살아 있는 한 살아보려 하는 짐승 본능
세월 인연의 끈 그리 쉽게 버려지는가

겨울이면 곡식가루 물 타 마시면 되었고
여름이면 먹거리 사방천지 널려 있더라

진수성찬보다 내 맘대로 사는 게 자유
국수도 떨어졌고 믿을 건 텃밭 채마들

가난한 자 생존 생각이 떠오르는데
오이 고추 가지 호박 등등 한 조각씩

생쌀 한주먹 소금 넣고 끓여보니
이것이 보란 듯 한 끼 식사 아니겠소

약으로 먹으면 음식이 보약 되고

소박한 살림살이 이 맛 아니겠는가

숨찬 인생살이 그렁저렁 살게 되더라
거지는 거지답게 사는 게 행복이니라

텃밭이 풀밭이네

초봄에 텃밭에 이것저것 심었는데
보이는 게 잡초뿐 있듯 없듯 한 먹거리

보는 이들 풀 뽑으라 농약 쳐라 훈수 성화요
그리는 못 하것소 풀이 본래 주인이요 생물이라

객이 어찌 주인을 쫓아낸단 말이오
그래도 여기저기 먹거리 살아 있더라

자연이 주는 만큼 받으면 감사한 일
하나라도 나눠먹자 땅이 준 선물이다

농약 치고 비료 치고 더 달라 닦달 않고
욕심 없이 살다 보면 부족함이 없더라

채마와 잡초랑 사이좋게 자라면 그만이고
많고 적고 크든 작든 내는 원한 적 없으니

하나 주면 하나 먹고 두 개 주면 나눠 먹고
안 주면 안 먹고 물 먹고 배부르면 그만이지

막걸리 주전자

—막둥아! 도가 가 막걸리 사 오너라
—심부름하기 싫은데 왜 나만 시켜요?

주전자 들고 투덜투덜 대문 밖 나서며
심술이 나서 막내로 태어난 게 서러워

술도가 아줌마 착하다고 동전 하나 쥐어 주면
눈깔사탕 입에 물고 신이 나 씩씩하게 걸어요

오 리 길 걷다 보면 목이 말라 한 모금
달달하니 맛 좋아 한 모금 더 한 모금 더

기분도 좋아지고 노래도 절로 나요
걸음걸이 팔자걸음 얼굴은 홍당무

대문간 들어서면 우리 엄마 날 보고
놀라 앞치마 벗어 얼굴에 덮어 씌워요

우물가 데려가 두레박물 세례
시원한 건지 벌 받는 건지 몰라요

싱글벙글 웃어대면 울 엄마도 미소 짓고
—엄니 술 먹은게 하늘을 나는 것 같아유
뒤통수 탁— 한 대 맞고 정신이 번쩍

엄마의 밤바다

검은 달 초록별 바닷가
무릎에 턱을 괴고 앉아 있으면

엄마의 따뜻한 자궁 속 고요
탯줄의 숨 가쁜 고동을 느낀다

멀리서 가까이서 아가의 숨소리
살금살금 소리 따라가다 보면

파도는 살포시 발목을 잡는다
나를 안고 엄마 곁에 데려가 다오

고개 숙여 너에게 입맞춤하면
은은하게 엄마의 냄새가 난다

해초 비린내 그리운 엄마의 냄새
보고픈 마음 어떻게 전할 수 있나

바다여! 받을래 마음속 품은 연서
바다여! 네가 올래 내가 갈까

감자

한 알을 두세 조각 씨눈 조각 땅에 심고
꽃 자랑 한철 지나면 소불알 주렁주렁

자주꽃 피면 자주감자 흰꽃 피면 흰 감자
헛간 한구석 감자더미 산더미 여름 식량

숟가락 끝 겉껍질 벗겨낸 하얀 속살
감자밥 물김치 먹기 싫어 투덜투덜

건너자리 아부지 숟가락 머리통 쾅쾅쾅
눈물 맛 알싸한 감자 그 맛은 어떤 맛일까

엿장수 가위소리 하드장수 외치는 소리
감자 한 봉지 마늘 서너 알 가슴속 감추고

엿 한 가락 하드 하나 몰래 먹는 그 맛을 아는가
엿 먹었다 하드 빨다 온 세상 무지개 빛깔

누이는 알면서 모르는 체 엄마 알면 알몸 대문 밖행
누나야 고맙데이 내 크면 하드 많이 사 줄기라

작약꽃 시들어 그래서 슬픔이여

만개하던 자태가
너무 탐이 나더라만
향기도 없는 것이
뭐 그리 도도 고고하던지

흔적 없이 사라졌다만
마음속 그린 꽃이었지
너는 영원한 공주였음이고
난 일개 머슴이었을 테지

수녕궁 앞뜰에 성대한 꽃
화려하게 만발할 적에
한 송이 꺾어 품에 안고
어떤 의미 눈물을 흘렸는가

제국공주의 천리만리
고향 잃은 타향의 외로움
그 서러움 너에게 주고 갔잖니
넌 그 아픔 알고 있지 않느냐

향기 없는 꽃이라 타국의
공주라 참사랑도 못 받고

너와 함께 시들어
여인의 향기 져버리지 않았더냐

7월의 태양은 고향 하늘
날고픈 새의 날개 녹이고
초록의 잎사귀는 눈물의
애수 품은 순결이겠지

서리 내려 너마저 지는 날
한 잎 두 잎 정성 들여 모아서
고향 하늘 향해 붉은 연기라도
바람에 실어 보내 주리라

그냥그냥 어찌하여 이렇게 되더라

알지도 못하고 그냥 — 내 맘 아니더라
태어나 있었고

사는겨 그냥 — 어쩔 수 없더라
세상사 미친 듯이

일하는겨 그냥 — 운명처럼 다가왔더라
죽는 둥 사는 둥 모르고

먹는겨 그냥 — 본능적 짐승이므로
배고파 먹어야 살고

자식들 키우는겨 그냥 — 또 다른 허상 보려고
나는 없고 뜬구름 잡으며

살아 보는겨 그냥 — 어찌어찌 가더라 세월이
잠깐 세상 구경하며

죽는겨 그냥 — 신도 죽이더라 니체가
개구리 죽는 모습으로

그냥 그냥 살더니 — 반드시 죽더라

갈 때는 빈손이더라

우습다 인생아 — 아무도 모르더라
한바탕 웃다 울다 가더라

말없이 웃고 말더라

가위의 양날 어떤 날이 자르는가
둘 중의 한 날 그날은 말이 없다

초연함으로 무관심에 취한 이방인
시비에 걸리지 않으려 그물을 치고

더러운 방편에 맞서려 하지 않더라
진실 감추려는 거미줄 반란은 없으리

세상과 담을 치고 외따로 몸을 숨기니
기차가 가든 오든 알려 하지 않더라

진실한 바보들은 더러운 세상에 살 수 없어
운명의 음모는 점점 더 고립의 세계로 처박는다

떨고 있는 검은 양심의 그림자 바라보며
이방인이 웃더라 바보거지가 웃더라

주접떨기 전에 숟가락 놓으시지 가짜님들
가면을 벗으시게 날도 더우이 거짓 샌님들

♡노자 선생 왈— 물은 세상의 모든 것 중에서
가장 부드럽고 약하다
하지만 물은 가장 단단하고
가장 강한 것을 이긴다

울다가 웃다가 그리 사는 거지 뭐

이 세상에 태어나서 좋다가 슬프다가
살아온 지난날이 만족했다 허무했다
웃다가 울다가 하였습니다

살고 있는 현실이 즐겁다 괴롭다가
살아갈 미래가 밝았다 어둡다가
웃다가 울다가 하였습니다

가는 세월 잡지 못해 손만 흔들고
오는 세월 막지 못해 발만 구르다
울었다 웃었다 하였습니다

이만큼 살았으니 만족하다 부족하다
살아온 게 모두 다 꿈같다 여행 같다
울다가 웃었다 하였습니다

살다 보니 욕심냈다 버렸다가
가는 날 한 움큼의 미련 없다 생각하며
울었다 웃었다 하였습니다

이것이 인생이라
울다가 웃었다 웃다가 울었다

살으렵니다
살다가 가렵니다

여행(혼자서 떠나라 자유의 특권)

떠나자 자아를 찾아 고독 하나 짊어지고
마음 활짝 열고 버리고 놓아주고 돌아오자

여정도 지도도 없이 마음의 발길 닿는 대로
처음처럼 마지막처럼 설렘과 우수 찬 눈으로

자유를 그리는 육신과 낭만과 집시의 영혼으로
잠자던 내면의 자아를 정열의 감성으로 깨우고

자연과 사람들 우연처럼 필연으로 만나자
신비의 그리움으로 아픈 가슴을 포옹하자

아침 햇살은 새로운 시작 알리는 나팔꽃 향기
지는 해 멈추어 선 그곳이 엄마의 따뜻한 품속

여행자의 노랫소리는 바다 수평선 리듬을 타고
향수에 취한 낯선 그림자는 영혼의 춤을 춘다

홀로 가는 여행길은 영혼의 보석 찾아가는 길
심장의 맥박 소리 행진의 북소리 나팔소리는

새로운 인생 또 다른 나와 어깨동무 어깨동무
열린 가슴에 청풍 불고 가벼운 마음 하늘을 날다

스스로 존재하는 주인공이다

산을 산이라 부르지 않아도
난 네가 좋다— (이름 뭐든 어디 살든)

물을 물이라 부르지 않아도
난 네가 좋다— (나이나 직업이 뭐라도)

산이라 물이라
뭐라 하든 무슨 상관이더냐
네 모습 그대로 주인공인데

그 이름 부르기 전에
거기 있었고 흐르고 있었지
도도하게 서 있지 않았는가

오만한 자들의 통치 지배의 목적
수단과 방법에 의한 계략이지만
자재(自在)함이 변할 일 있으랴

감히 누가
산이라— (이름 주소 따위 알려 하는가)
물이라— (나이 직업 따위 알려 하는가)
호(號)하고 명(命)하는가

보이는 건 보이는 그대로 있음이요
스스로 존재함이 존중과 존엄이요
진리와 진실에 가식과 허상을 첨대하지 마소

나는 촌놈 검정고무신 1

기차를 타면서 불안해했어
나를 신고 서울로 향하고 있어

공포의 거리 숨이 막혀 내 몸을 녹일 듯
온통 회색 물결 풀 한 포기 없는 죽음의 거리

주인의 발에 땀이 흐르고 걸음도 불안해
온 대지 기름칠 미끄덩미끄덩 흔들린다

우리 동네에서는 우리 주인들이 산으로
뛰고 날고 온갖 재주 신통방통 다 부려도

흙냄새 풀냄새 피곤한 줄 몰랐는데
빌딩의 무게로 대지의 숨을 틀어막고

콘크리트 아스팔트 다가오는 검은 그림자
운명의 이기심에 적응 못하는 비주류 본능

주인님 주인님
우리 빨리 집에 가요

숨이 막혀 못 살겄소
우리 있을 곳 아닌 것 같소

자연으로 돌아가자구요!!!!!????!!!!!!

나는 촌놈 검정고무신 2

서울 나들이 나는 속이 울렁거리고
남들 시선에 고개 숙이고 걷는데

주인은 뻔뻔한 건지 무심인지 몰라도
어찌 저리 당당하게 걷기만 하는가

가죽신발 뾰족구두 나를 바라보는데
힐끔힐끔 쳐다보며 안 본 척하지만

비웃음 호기심 괄시하시는 님들
옛적 추억의 정 잊었단 말인가요

하굣길 코스모스 내 속에 벌을 낚아채
허공에 빙빙 돌려 땅바닥에 패대기 기절하면
벌침 뽑고 침구멍 꿀 빨아 먹던 국민 악동들

모래더미 흙구덩이 나를 발랑 뒤집어
배 트럭 기차 만들어 신나게 놀았잖아요

여름철 냇가에 물장구치며 송사리 잡아
내 배 속에 집어넣고 자연공부 했고요

운동회 날 달리기 양손에 나를 쥐고
온 힘 다해 달려서 연필 공책 받았잖아요

나에 대한 기쁜 추억 슬픈 추억 고무신의
비밀 추억 한두 개쯤 다 갖고 있지 않나요

쳐다보지 마요 비웃지 마요 괄시하지 마요
한때는 모든 사람 나 없이 집 밖에 못 나갔다우

내일도 살아 있을까

강물 따라 바다에 이를 수 있는 건
흐름에 순응하는 겸손을 알고

산에 올라 세상 시비경계 볼 수 있는 건
부덕함을 아는 염치가 있어야 하지

모두에게 베풀고 뒤돌아보지 않으며
무소유 맑은 마음 자비로움 갖고 살고

욕망에 무관심 앞날에 연연치 않으며
이치와 도리 아는 지혜로 살아야 하고

속된 인연 그물에 걸리지 않는 건
바람 같은 마음 자유로운 삶이라

내일도 해가 뜨고 달이 뜨고
작은 별 지구는 변함없이 돌아도

가는 세월 오는 세월 상관없고
무관심 연연치 않음이 마음자리

이렇게 살다 보면 헛된 삶은 아닌지라

내일도 살 것인지 말 것인지 알고 싶지 않더라

지금 이 순간 놓치지 마라
내일도 살아 있을지 누가 알겠나

살아 있으니 잠을 자며 꿈을 꾼다

오늘도 무탈하게 살았다는 증명은
밤이 되면 짓누르는 눈꺼풀의 무게다

침대에 쓰러진 영혼 없는 자물통의 무게여
하루살이 탈진한 지혜의 열쇠를 손에 쥐고

하얀 도화지 하얀 크레파스로 그림을 그린다
꿈속에서 나만을 위해 여행을 떠나련다

사랑받는 사람과 사랑하는 오직 한 사람
그와 함께 은하수 별똥별을 주우러 간다

나폴레옹 알렉산더의 불한당 영웅들보다
오솔길 산책하며 말없음으로 대화하는

진실과 낭만뿐인 무명의 시인과 걷기를 꿈꾼다
삶과 죽음의 공존 그 장소 그 시간 혼돈의

카오스 환상 속 어둠의 그림자 깨우는 것은
사람도 아니요 동쪽 새벽녘 여명의 빛도 아닌

밥 달라고 보채는 참새들의 아우성이다
또 다른 하루 또 다른 삶을 위해 또다시 일어선다

마음의 나이는? 얼마나 빼고 사시나요?

살 빼면 날씬하고 예쁘다 해요
밥량 빼고 드시면 건강하다 해요

미운 서방 빼고 살면 후련타 해요
얄미운 자식 성깔 빼면 착하다 해요

왕빈대 빼고 술 마시면 술맛이 좋고요
뺑치는 놈 빼면 대화가 즐겁구요

이것저것 빼고 빼면 마음 가볍고
나쁜 사람 미운 사람 빼면 살맛 나지만

뭐니 뭐니 해도 요것만 하겠는가
생리적 나이와 마음의 나이 차는?

진 · 선 · 미 · 자비 · 감성 갖고 사는가?
시대에 맞는 책과 음악 즐기시는가?
여행과 운동 등 취미생활 하고 사는가?

세월의 열쇠 쥔 수문장의 목을 베고
마음의 나이 주판알 수를 놓아보세요

그대여! 마음의 나이는 몇 살입니까?
~~~~♡~~~♡~~~♡~~~♡~~~
비밀인데요 바보거지는 30대입니다
심신도 그렇고 사는 것도 그래요

30대 이하는 앞으로 형이라 부르셔
30대 이상은 친구 안 할래요

왜? 형님이라 부르기 싫으니까요
이율배반 도둑놈 심보— 이건 내 맘이유

아니꼬우면 더 빼세요— 이건 형님 맘이요
누님들은 괜찮아요 여자는 늙어도 여자라면서요
~~~~

3부

나랑 같이 울자 능소화야

오늘도 자기를 위로하며

오늘도 안녕!
일어났구나
숨을 쉬고 있구나
마지막 날 맞이하는
첫날이구나

오늘도
돌고 도는 물레방아
돌려야 하지 않겠니
힘이 들 거야 그래도
웃음을 잃지는 마
열심히 살고 있잖아

오늘도
상처 받지 마 누가 뭐래도
2 더하기 2가 5라고
양심 없는 사람을 만나겠지
4 빼기 2가 4라고
욕심 많은 사람도 만날 수 있어

2 더하기 2가 4라는 건
변함없는 진실이잖아

그래 알아 힘들게 하겠지
마음에 상처 많이도 받겠지

그래도 오늘도
하늘 한번 쳐다보고 잊는 거야
마음 상하게 자책은 하지 마
저들이 잘못 살고 있는 거야

오늘도 힘들었지 피곤도 하고
이것이 인생인 걸 할 수 없잖아
모두 잊어버리고 잘 자! 잘 자!

내일은 내일의 숨을 쉬자
또다시 첫날의 숨을
쉬면 되는 거야 되는 거야

나랑 같이 울자 능소화야

애달프다 능소화야
향기 없는 꽃이여
너를 보면 눈물이 나

단 한 번의 성은의 정
절개의 한(恨) 실뭉치 설움
눈물이 나 못 보겠네

순정 잃은 처녀 가슴
분 한번 못 바르고
북한산만 바라보나

대중 궁궐 임금님
임 그리워 임이 오나
담장 밖을 헤매느냐

그 누가
영광의 꽃이라 하더냐
과거급제 어사화라 하더냐

소식 없는 세상 향해
나랑 같이 울자꾸나
통곡하며 울자꾸나

사랑엔 선이 없어 재미있게 살다 가오

색동저고리 허수아비 아낙네
사모관대 점잖은 장승아비

그윽한 달밤 이슬 내리는 밤이 오면
정겨운 눈빛으로 정담 나누고

그 모습 지켜보던 산마루 샛별은
방해될까 구름 뒤로 숨어버리네

고추잠자리 나비 보고 정 주고파
애교 섞인 날갯짓 맴돌고요

지나가던 하얀 구름 부러운 마음
살포시 그림자 만들어 시샘을 하고

홀아비는 근엄하게 삿갓 쓰고 청바지
청과부는 조신 있게 스카프에 삐딱구두

마음은 열었으나 대화는 아니 되고
지나던 바보거지 중얼중얼 군소리

세상살이 단 한 번 놀다 가는 것
마지막 늙은 청춘 인연 맺어
어화둥 재미있게 살다 가시게

집에 갈 땐 빈 주머니

잘난 놈인지 못난 놈인지
알고 싶지 않습니다

높은 놈이건 많이 배운 놈이건
고개 숙이지 않습니다

이런 놈이건 저런 놈이건
검은 놈이건 하얀 놈이건
똥기계(평등)로 보입니다

홀로 세상에 태어났고
홀로 세상을 살아가며
홀로 세상을 떠나감을
알고 살면 도인입니다

도인은 세상사 한탄합니다
살려고 아등바등하는구나
잠시 잠깐 긴 밤 자면 끝이거늘

그 나물에 그 밥 지지고 볶아야
콩나물은 콩나물 두부는 두부
포도주도 물 막걸리도 물이다

세상살이 속고 속이는 투전판 같고
겉만 사람 육갑질에 거짓과 질투
남의 피눈물 내고 돈 자랑 허영 떨고

나 잘났다 자랑들 한다마는
너나 나나 삼시세끼 먹고 살고
천년만년 산 놈 없고 내일이 있더냐

집에(저승) 갈 땐 너나 나나 빈 주머니
술 한 잔 시름 잊고 깨어나니 꿈일 뿐
새벽 까마귀 저승젯밥 해장하더라

한심閑心도 락樂이 아니냐

하동 노량 산기슭에
남해 바다 마당 삼고
금오산 연대봉 지붕 삼아
두 칸 토굴 몸을 숨겨

세상 인연 저버렸다 하건만
만사무석(萬死無惜) 무거운 짐
문득문득 도깨비 미혹(迷惑)
괜스레 호미질만 하는구나

처자(妻子) 인연 끊은 지도
모춘(某春)이 흘렀건만
춘래월(春來月) 남풍 불면
그리움이 애절하다

가지를 앉았기에
올 사람 없건마는
까치소리 혹하여
빈 사립문 바라본다

삼십 리 밖 지리산에
깨진 마음 맡겨 놓고

남해 바다 심해 속에
공 낚시 던져 놓고

아제아제 바라아제
바라승 아제 모지 사바하
가자 가자 함께 가자
깨달음 있는 곳 같이 가자

석류여! 아련한 추억을 품다

동네 우물가 석류나무
붉은 입술 속 부끄런 눈웃음
노란 향기의 하얀 속삭임

첫사랑의 떨리던 입맞춤
너와 나 가슴 안고 약속했었지
영원히 변치 말자 사랑하자고

유월 햇살 비단 살이 붉게 타도록
아픈 연정 못 이룬 정 가득 담아
송알송알 감싸 안고 울고 있구나

빨간 비단 실 주머니 속엔
세월 속 속살이 드러나면
눈물로 물들인 분홍색 수정알

아픈 정 고운 정 담긴 보석
명주실 가득 채워 안고 있구나
얼마나 아프겠느냐 시리겠느냐

별들과 함께 했던 수많은 속삭임
그 약속 그 맹세 한 알 한 알 진실을

내 맘 속에도 붉게 울고 있구나

내 감히 너의 속 보려 하겠나
가슴에 고이 모셔 바라보다가
숨이 막혀 시들어가고 싶을 때

한 올 한 올 마음속에 자줏빛깔
수를 놓아서 신비한 향수로
깨끗하게 목욕시켜 양지바른
고운 땅에 고이 묻어주려니

한 톨 한 톨 간직한
너와 나 사랑의 비밀
어찌 누가 알겠는가
감히 내가 잊겠는가

돌담장 선인장

난 네가 좋아
사철 파란 옷 지조가 있어서

난 네가 좋아
가시의 아픔 안고도 당당해서

난 네가 좋아
무관심 속에 절개가 있어서

난 네가 좋아
한 번씩 붉은 피를 토하는 진실이 있어서

난 네가 좋아
한쪽 뺨만 보여주는 염치가 있어서

그런데 난 왜 사람이 싫을까?

아마도~ 그건!
? ? ? 답지 않아서 그래

겉은 진짜인데 속은 가짜가 많아서
사람(人)인데 인간(人間)이 아니어서 그래

오동나무 아래서 선물을 받다

오동나무 잎 따다가
왕관 만들던 어린 시절
머리에 쓰면 왕이 되죠
입가에 미소가 나옵니다

앞장에 침을 발라 王자
모래 뿌리면 선명한
왕관이 위엄을 발하지요
王자 그리기 어려워서

1학년은 三자 그리고
2학년은 工자 그리고
3학년은 于자 그리면
고학년은 王자 쓰고

오동나무 가지 꺾어
옆구리에 비켜 차면
모두가 대장군이요
모두가 왕이 되었죠

따르는 신하는 없어도
모두가 자기 자신의 왕이었고

위도 없고 아래도 없는
절대 평등의 우리들의 왕들

싸움도 다툼도 없는
우리는 이웃 나라
누군가 넘어지면
일으켜 세워주고

넘어져 다치면
먼 길을 업어주고
피나면 쑥잎 짓이겨
상처에 발라주던 정

그 시절 왕들은
지금은 어떤 나라를
만들고 살고 있을까요
행복한 나라이길 바라요

오동나무 그늘 아래
햇살의 속삭임에
과거 여행의 여정이
잠시나마 세월 흐름을
멈추어 세우네요

추억을 가슴에 담고

아름답던 옛 기억
어린 영혼이 세월 값을
잊으라 속삭입니다

그까이거 버리면 그만이더라

가다가 힘이 들면
하늘 한번 쳐다보고
또 가다가 힘이 들면
앉으면 그만 아닌가

이래 사나 저래 사나
해와 달은 뜨고 지고
주인공 그대 위해
위로할 자 누구더냐

세상에 부는 바람
짊어진 삶의 무게
병든 가슴에
실낱같은 영혼 담아

집착도 욕망도
사랑도 원망도
비우고 버린 껍데기
거짓된 그대의 모습

가면 쓴 허깨비의 군상
모두가 허상의 그림자

버려라 모두 버려라
채워지리라 비움으로써

주인공 그대여
신기루의 빛이 보이는가

서서히 다가서는
네 영혼의 실체
언덕을 넘어오는
대자유와 행복의 소리
야생마의 발굽소리
고삐를 잡고 등에 오르라

어디로 가느냐 묻지 마라
무위자연(無爲自然)
오로지 그대를 위하여
달리는 인생길이어라

일만 하던 누렁소 어디로 갔소

아픔도 추억이기에
망종(芒種)의 끝자락
한 해 농사 기로의 시간
해도 달도 바쁘다 하오

외양간 누렁소 여물통
비웠는지 말았는지
개똥아비 쟁기 지고
해 떠 온다 소리 지른다

오늘은 아랫마을 선지골
모내기 할 논 갈아 써레질
내일은 윗마을 가자골
콩 심을 보리밭 갈이 쟁기질

코뚜레 운명에 순종하며
한평생 일만 하던 누렁소
달구지 끌던 멍에는 어디 있소
짊어진 그 무게가 세상 구경 아니었소

육신은 어디 가고 살다가
남긴 것이 멍에와 쟁기더냐

너의 운명 다하던 날
두 눈에 맺힌 눈물 두 줄기

고삐 잡고 이랴! 이랴! 워! 워!
호령하던 기세등등 채찍질
대장부 농부들은 어디로 갔소
그 누가 이름 석 자 기억할쏘냐

소꼴 베고 풀밭에 함께 놀던
그래도 사랑해 주던 어린 아해
아직도 아픈 마음 일만 하던 누렁소
추억의 끝자락을 잡고 있다오

부디부디 다음 생에 태어났으면
코뚜레 멍에 고삐 모두 버리고
하늘을 훨훨 나는 대자유 만끽하며
여여 하소서 여여 하소서

작은 소식 행복을 나른다

거지 집에 단골손님
소리부터 지른다
오늘은 양이 많소
책만 먹고 어찌 사노

반가운 나의 친구
우체부 아저씨
벙어리 되기 전에
한 번씩 말동무

고생하오 수고하오
잠시만 쉬어 가오
텃밭에 달려 나가
오이 하나 고추 세 개

뚝딱뚝딱 오이냉국
국수 말아 내놓으면
맛있다 시원하다
내일은 안 올란다— 이 말이 밥값이라

바쁘다고 줄행랑
기다리던 소식보다

그보다 행복한 건
늘어난 설거지감

수저　　一이 二짝 되고
젓가락　一이 二벌 되고
공양기　一이 二로 쌍이 되니

一이 二가 되는 조화의 묘미
마음도 두 배 나눔도 두 배
정감도 두 배 손길도 두 배
이것이 같이 함께하는
더불어 사는 거라 하겠지

오랜만에 풍성한
공양식기 서로 좋아
장난질에 희희낙락
덜거덕 덜거덕 웃음소리

그 모습 반짝반짝 빛나고
그 무게가 행복의 느낌이라
나 또한 신이 나서
그들 보고 웃는다

그래도 살다 보면 이렇게 살더이다

북녘 산 흰 구름은
임 그리워 내려앉고
남녘 산 먹구름은
임 미워서 산마루 걸쳤는가

그리움도 정이요
미워함도 정이요
동쪽 소식 전하려는
바람의 애절 소리

무심한 바보거지
초간마루 걸터앉아
향곡주에 취하여
세상만사 내려놓고

고개만 끄덕끄덕
비몽사몽 염불소리
수리수리 마수리
수수리 사바하 정구업진언

이래 사나 저래 사나
슬프지도 않구나

그립지도 않구나
얄밉지도 않구나

지나가던 청설모
산 자냐 죽은 자냐
구슬픈 소리가락
고개만 갸웃갸웃

말없는 먹구름은
네 맘대로 살거라
한탄도 자유니라
비웃으며 지나간다

방랑하는 은둔자 인연 버리기

떠났습니다
버렸습니다
흘러갑니다

귀 막고 십 년
벙어리 십 년
앉아서 십오 년
걸어서 십오 년

숨구멍 하나 남겨
겨우겨우 숨을 쉽니다

인생 공부 마칠 날
아직도 도원(道遠) 하나

한걸음 늦더라도 소걸음
걸어보겠나이다

속세인연(俗世因緣) 버린 지
저 산이 알 것이요

마음 속 비운 것

바람이 알 것이오

미친 척 사는 것도
바보거지 만행(漫行)도

무인연(無因緣) 단주(檀主)님들
안아주고 같이 울고

들어주고 위로하고
슬픔 기쁨 함께함이

백 마디 말보다는
진실한 실천행 아니것소

한 시절 만행길(晩行道)
진실한 보시행(報施行) 아니것소

구름 따라 바람 따라
독수고행(獨修苦行) 하겠으니

인연의 끝자락은
눈물에 담그시고

시절 인연 다하는 날
좋은 소식 전하오리다

끝자락을 다듬어 살다 보면

세상 저버리고 싶던 날
결전의 순간 앞에
삶의 죗값 무거워
무거운 발걸음 속

죽었는지 살았는지
알 수 없는 검은 그림자
사자는 아무런 답이 없고
눈물만 흐르던 무의식

희미한 속삭임의 울림
때가 아니다 조금만 더
숨을 쉬어라 심장의
고동을 뛰게 하리니

산다는 게 제 명이 있으니
그곳에 행함이 이곳의 명이다

네 삶이 고달파도 이 또한
너의 업보이니라 마지막
정리는 네가 하라 하네

고집스럽지 말 것이며
욕심부리지 아니하며
남의 단점 입에 담지 아니하고
한 입으로 두말하지 아니하며

매사에 불평 짜증 말 것이며
행동이 망동하고 괴팍하지 않으며
자기만족 우선시 아니하고
타인을 배려하고 아껴주고

이해하지 않는 사랑은 거짓이며
친교하며 마음을 감추지 않으며
세상 모든 게 무상함을 알 것이며
숨 쉬는 생물 살생하지 아니하고

가지도 말고 오지도 말고
매 순간은 지나는 허상
지난 일은 그림자일 뿐
내일 또한 그림자일 뿐

그래도 아니걸랑 홀로 가라
번뇌 망상은 네 마음의
조화이니 그 마음 데리고
모든 것 놓고 버리고 살거라

진면목 잃지 말고
이렇게 살다 보면
물 흐르듯 살았으니
나잇값은 무불청이요

젓값 저울 알바 없고
저승사자 술대접
무엇이 두려울꼬
내가 같이 동행하리라

마무리 잘하소

여자는 50이 넘어야 진한 향이 나고
남자는 60이 넘으면 구린내 나네

여자 나이 50이면 향기 없다
어떤 놈이 그런 말 하더냐

젊은 여인의 꽃은 밖으로 향기를 품지만
노년 여인의 꽃은 안으로 향을 품나니

젊어서 나는 향은 춘삼월 벚꽃이라
중년에 나는 향은 천향목의 묵향이라

모성애 무르익어 자비로 승화하고
아픈 향 고운 향 산전수전 모든 향

진실과 거짓을 50년 인생으로
온몸으로 정화하여 시비를 가름하니

남은 것은 진실 향 이웃에 나누고
실천하고 행하는 건 보살행 아니더냐

중년 아낙의 향기를 밖으로 내뿜더냐

살포시 감추인 그 진수 향 누가 알겠나

남자 나이 60이면 구린내가 절로 나네
사회에서 배운 게 등쳐먹고 사기 치고

거짓에 권모술수 앞에서 웃고
뒤에서 욕하고 시기하고 질투하고
짓밟고 무시하고 독불장군 아부근성

노예근성 머슴근성 자기가 어디 있나
아는 건 하나 없고 자기 것 뺏길까 봐

잔칫집 개 모양 이 눈치 저 눈치
친구 만나 대포 한 잔 아까워서

이 주접 저 주접 배운 게 눈치라
자기 정체 있는지 없는지 횡설수설

베풀 줄도 모르고 양보할 줄 모르고
뺏기면 죽는 양 안달 난 머스마들

열여덟 색시 들여 개고생 시켜놓고
모두가 지 거라고 똥고집 기가 막혀

큰소리친다는 게 할망구 뒤통수

밥 달라고 고래고래 소리질

역겨워 못 봐주니 함께하기 힘들고
마음 좀 열고 살라 하면 똥고집은
38선 저리 가라 대동강이 마르더냐

제대로 늙어야지 잘못된 관습일랑
버릴 줄도 알아야지 마지막 정리

인생 여로 고혹에 가두지 마시옵고
늙어가는 친구들아 버리고 놓아주고
빈손 들어 박수 치며 가시구려

있는 재산 없는 재산 마눌님 소원풀이
그까이거 뭐라고 종이 한 장 이름 석 자

바뀌는 것 그 무슨 대수라고 못 해주나
그 일 끝나면 내가 한턱 쏠 터이다

꽃 꺾지 마라 꽃도 생명이다

꽃이 누구에게
무어라 하더냐
무슨 간섭하더냐

화려함도 도도함도
청순함도 수줍음도
자연의 꽃이었다

십 일도 못가는 가냘픈 자태
향기의 내음으로 온몸을 불사르고
사랑 열매의 잉태를 목말라 하나니

꽃 꺾지 마라

벌과 나비 날 찾아오는 날
꺾인 가지엔 눈물만 흐르고
흔적 없는 내 모습에 애처로이 운다

꽃 꺾지 마라

인간아 인간아 날 갖고 싶거든
눈으로 마음으로 보면 될걸

더러운 손 꽃가지 꺾을 땐

너희에게 주는 건 눈물의 냄새며
내 썩는 시체의 저주의 향기임을
시드는 꽃잎은 한갓 더러운 먼지

어린아이의 눈망울이 두렵지 않더냐
꽃 꺾지 마라 꽃도 생명이다
자연이 준 나의 권리이다

우리는 배고픈 아이들이다

엊그저께 배가 고파 산에 올라
정신없이 진달래꽃 한 움큼 꺾어 들고
조잘조잘 먹었더래요
그날 밤 뒷간에 불이 나게 줄줄 새는
설사병에 혼쭐이 나고요

어제는 감꽃에 손이 닿아 손끝이
무르도록 주워 먹고 또 먹고
밤새도록 배가 아파 속이 타는 건
변비로 막혀버린 똥구멍의 저주래요

오늘은 밀밭 털자 작당하고
아귀차게 꺾은 밀대 가슴에 안고
강가로 조르륵 달려가서
불속에 그을린 그 향기에
콧소리 흥얼거리며

밀 수염 다 타도록 희희낙락
두 손으로 박박 비벼
긴 호흡으로 껍정이를 불어내지요
콧수염 그려지니 어른 같아요

오늘 밤은 콩서리다
모두 엎드려라
우리의 배고픔을
행동의 깃발로
설움을 사수하라

만득이 불 피우고
영식이는 망보고
창수와 나는 콩대를 뽑는다

한 알 한 알 꼭꼭 씹어라
우리의 배를 채우는 순간
욕심내는 사람은 다음 날
뒷간에 따발총 소리가
춤을 출 것이니 똥꼬가
헐어버려 울게 되나니

너 하나 나 하나
사이좋게 나누어 먹자
오늘의 승리자는
배고픈 우리들이다

죄와 벌은 나중 일이고
신이 있다면 우리 편일 거예요

우리는 사는 이유를 모르고 산다

그대는 왜 사는가?
답을 말하라

그대여
어제는 왜 살았는가?
모른다

그대여
오늘은 왜 살고 있는가?
모른다

그대는
내일은 왜 살려 하는가?
모른다

그대는 왜 사는가?
지금 이 순간 당장 말하라

답이다

망각에 의한 존재 이유
신이 준 최후의 마지막 지혜

왜 사는지 모르기 때문에 산다

왜 사는지 안다면
둘 중에 하나
산 귀신이거나
죽은 귀신이며

그대는
자살을 선택하거나
미쳐 갈 것이다

마지막 도화지에 선 하나 긋고 떠나다

내 인생에
하얀 도화지 세 장 있었지

청년기 한 장의 도화지
나는 세모를 그렸지▲
그 인연은 네모를 그리고■
말없이 떠났지

성년기 또 다른 도화지
나는 마름모를 그렸지◆
그 인연은 별을 그리고☆
눈물 흘리며 떠났지

마지막 하얀 도화지
나는 선 하나 긋고—
숱한 밤을 기다렸지
같은 그림 그릴 인연을

누구 없소?
거기 아무도 없소?

그러나~

그래서…
홀로 떠났지~
그리고
바보거지가 되었다

냄비가 국수를 먹다

냄비 물 펄펄 끓어
국수 한 움큼 집어넣는데

사립문 인기척 맨발로 나서니
저 동네 할매가 햇감자 한 봉다리

할배가 아프다고 한숨에 눈물짓고
걱정 마소 내일 같이 병원 가보자

냄비가 국수 먹누나
스멀스멀 누룽지 냄새

먹다 남기면 내 먹으면 되고
다 먹으면 한 끼 굶으면 그만

냄비가 남긴 건 시커먼 재뿐이로다
철수세미 박박 밀어 깨끗이 마름하여
그 흔적 흐르는 냇물에 띄우면 되지만

내 살다 저승길 불화로 들어가면
남는 건 2.75kg의 먼지와 재뿐이건만

그 누가 뒷설거지 해주련가?
그 누가 삶의 흔적 없애주려나?

쑥 잡초라 하지 마라

어떤 이는 너에게
쓸모없는 잡초라 하지만

겨우내 무생동 대지
메마른 거친 입맛
춘삼월 너의 향기
세상을 깨운다

배 앓는 어린아이
네 몸을 탕기에 달여
할미 손은 약손
아장아장 걸음마

양지 쪽 헛간 옆에
졸고 있는 병아리
놀자고 뒤쫓으면
잠자던 꽃망울
기지개 켜고

한여름 무더위
네 몸 태워 모기 쫓고
들마루 옹기종기

옥수수 감자 삶아
이웃 정 나누며
더위 삭이며

마른 잎 두 손안에
공들여 빌고 또 빌어
아픈 몸 불꽃 문신 뜸을 뜨고

늙은이 지팡이 하늘을 날고
아픈 이 신음소리 어디로 갔나
구경하던 잡귀신 줄행랑 놓으니
온몸 태우는 너의 은혜여

혁명을 이루다

나는 꿈을 꾼다
혁명의 소망을
거창하거나 위대하지 않은
우매한 장부의 반란
소박한 나만의
혁명을 꿈꾼다

모든 인연의 굴레를 벗고
사랑과 명예를 버리고
텅 빈 마음의 혁명이다

혁명의 전야엔
떨림도 있었고
두려움도 있었지만

혁명의 아침은
용기 있는 행위였고
영혼의 자유였다

혁명의 성공을 위해
모든 적(因緣)들을 쳐부술
마음속에 철망을 쳤다

꼼짝 마라
나의 오두막을 부수려는 자(세속 인연)
고독의 창과 지혜의 칼을
기꺼이 뽑을 것이다

적당한 그리움 외로움은
나의 영혼을 길들일 것이다

조금씩 꿈틀대는(번뇌 갈등)
반역자들이여
나의 발밑에 무릎을 꿇어라

나의 친구들이여!
나의 동지들이여!
모기 개미 지네
독사 말벌들이여

산딸기 곡주 헐어
우매했던 장부의
혁명을 위하여!
자유를 위하여!
건배! 건배! 건배!

바보는 그날만 생각하고
거지는 한 끼만 생각한다

어머니 배 속에서 나오던 날
세상구경 탯줄 자르는 순간
다가올 인생이 고통일 것임을
그때 알았습니다

할머니 대문간에 금줄 걸 때
금줄에 고추 숯덩이 다는 것에
남자와 여자가 다른 존재임을
그때 알았습니다

홍역앓이 생사를 가늠할 적에
칠성당 성수 올려 기도드림에
인간은 약한 자며 신의 존재함을
그때 알았습니다

두 살 무렵 넘어져 일어설 때
아무도 도와주지 않는 세상이며
앞으로 지 팔 지가 흔들어야 함을
그때 알았습니다

일곱 살 무렵 할머니 저세상 가실 때

가족 친척 모두 모여 곡소리 함에
사는 자는 반드시 죽음을 맞는 것을
그때 알았습니다

열세 살 갑자기 아버님 돌아가실 때
호의호식 세상사 호령하여도
기껏해야 땅 5평 빈손으로 가는 걸
그때 알았습니다

청년기 이데올로기 시대 때
약 처먹고 손목 자르고 목매도
못 죽는 건 세상에 할 일이 뭔가 있음을
그때 알았습니다

장성하여 인생살이 살아보니
이래도 한세상 저래도 한세상
바보거지(吾唯知足)의 떠도는 삶이
자유이며 행복임을 알 것 같구나

4부

외로우면 한잔하시게

하늘나라 누이에게 보내는 편지
(6, 70년대 고생한 모든 누이들에게 바칩니다)

누이!
불러만 보아도
가슴 애달픈 이여
열일곱 곱디곱던 누이
돈 벌러 서울 가던 날

누이 가슴에 매달려
꺼이꺼이 울었던 막내둥이요

구로공단 닭장집
하꼬방엔 빈 상자 하나
석유곤로 국수 삶아
배고픔 달래던 누이

손톱엔 가발 끈 상처
재봉틀 바늘 상처 자국
그 흔적 감추려고 발랐던 매니큐어
철들어 알게 되어
눈물 흘렸소

저임금 꾸이꾸이 모아서

살림 밑천 암송아지
사 놓고 가던 뒷모습

다방으로 술집으로
동생들 뒷바라지 가슴 아픈 사연
하늘도 울고 땅도 울거외다

누이!
저세상으로 가던 날
영정 앞에 흐르는 눈물로
술 한 잔 올린 게
내가 해준 전부요

누이!(목이 멥니다)
저세상서 만나는 날
아무런 말없이
그저 한번 안고 싶소
그저 한번 안고 싶소

사월이 오월이 바람나다

벚꽃 사월
장미 오월

어찌어찌하여
정겹게 살다 가라
연정으로 맺었건만

개나리 삼월이
사월이 데리고
북으로 야반도주

짓푸른 유월은
오월이 데리고
남으로 새벽 도주

봄이런가 여름이런가
좀 더 머물지 사월아
천천히 오지 오월아

봄이 되면 오시는
기다리는 우리 님
그렇게 빨리 가면

어찌 오란 말이냐

여름 되면 떠나는
품에 안은 우리 님
소식 없이 다가오면
어찌 보내란 말이냐

이래 저래 인생 한 판

윷가락 내 손바닥 떠나면 그만
세월 따라 가는 인생 알 바 있겠나

도 나오면 한 발 딛고
인생 첫발 조심조심 가는 길
빽도 나오면 쉬어 가면 되는 것

개 나오면 두 발 서고
인연 닿은 님 만나 어깨동무
인생살이 어차피 개판 아닌가

걸 나오면 세 발 가고
사람 같지 않은 것들 단칼에 베고
모주 취해 홀로 가는 아리랑

윷 나오면 네 발 서고
살다 보면 행운도 있다더라
그냥 사는 인생 한판 더 놀자

모 나오면 어찌하나 갈림길
다 왔다 생각컨만 이정표 앞에 서면
이리 갈까 저리 갈까 방황의 길

한바탕 놀아보세
빨리 간다 좋을쏘냐
둘러간들 나쁠쏘냐

흥에 겨운 한판 놀이
인생도 한판일세
걷고 또 걸어도 여기로다

집 없는 분(희망사항)

♡대지 200평 건평 50평 텃밭 100평♡
매매— 500원
전세— 200원
월세— 보증금 무, 월 20원

부모님 모시고 착한 사람— 한 달 50원 지급

집수리— 원하는 대로
식구 수— 마음대로(전에 7명 살았음)
수도세 전기세 각종 공과금 면제

아무도 간섭 안 함
밤새도록 노래하고 춤추고 놀아도 됨
특히 아이들은 말타기 캉캉춤
더한 것도 오히려 환영

공기 좋고 인심 좋고
불편함 없도록
맘대로 즐겁게
행복하게 사시면 됨

—중대 조건—

이 집 저 집 다니며
남 험담 이간질하는 분
한 입 갖고 두말하는 분
말로 남을 속이는 분
화 잘 내고 싸우려 하는 분

욕심 많고 남의 것 탐하는 분
남의 여자 내통하고
여자만 보면 주접떠는 놈
술 처먹고 고함지르고
남에게 시비 거는 놈

이웃 사람 미워하고
자연을 함부로 대하는 놈
특히 자기 부모 홀대하고
효도 않는 놈년은

절대 절대 절대 거부함

—파라다이스 낙원 관리자 바보거지—

가난한 자여 밖을 보라

내게 남은 건
쌀 한 됫박 국수 반 봉지
된장 한 종지 고추장 반 종지
가진 것은 이것뿐
가난하다 하여도
장부여 밖을 보아라

고추 다섯 포기
옥이야 금이야 삼대독자
기껏해야 고추 하나
주렁주렁 달렸으니
흥부네 안 부럽고

오이 세 포기
도깨비 놈 방망이
하나 갖고 재주 부리나
나에게는 서너 개
자랑 마라 이놈아

토마토 네 포기
채소 중에 왕이라
내 이놈들 거느리니
고관대작 저리 가라

배추 한 고랑 속살 부끄러워
싸고 또 싸고 수줍기로는
시집가는 새색시
분 냄새 명월이 향단이
줄지어 온다 해도
이만은 못 하리라

도라지 고랑엔
상여 가마 꾸미는 덴
도라지 꽃이라
자줏빛 흰색 빛
고운 자태 뽐내니
마지막 가는 길
초라하지 않을 것이라

그뿐이더냐
해도 있고 달도 있고
사방천지 자연 꽃
이들 또한 내 벗이라
외로울 일 있겠는가

이만하면
대장부 한 살림
아니겠는가

나의 자유여!(싫으면 싫다 말하라)

맞선 볼 때 양복 입어라
싫어! 반바지면 어때

외출할 때 구두 신어라
싫어! 흰 고무신 신으면 어때

오른손으로 글씨 써라
싫어! 왼손이면 어때

해라 해라 해라 해라
싫어 싫어 싫어 싫어

억매인 가식과 관습
부자유가 싫다

방종치 않고 의무를 다하는
절제된 집시의 자유

홀랑 벗은 나체의
이브의 짝사랑으로

조금의 그리움으로

때로는 심오한 고독으로
자유여! 자유여!

보름달 여명 아래
바람의 장구가락 맞추어
별들의 재롱잔치 열리고
흥에 겨운 이슬주(酒) 만취한 자

구름을 얼싸안고
정열의 춤을 춘다
영원하라
나의 자유여!

마지막 남은 건 한 장의 승차권

재물에 눈이 멀어
이익만 좇다 보니
육신은 병이 들어
정신은 도깨비

눈덩이 굴러감을
멈추지 못한
탐(貪)하는 마음

타인의 뜻 이해 못해
험한 말 하고 보면
앞에 서면 그 마음
돌아서면 이 마음

남은 것은 아픈 상처
가슴으로 참지 못해
화(嗔)내는 마음

사랑이 전부인 양
함께하자 하더니만
사랑이 배신으로
배신이 미움으로

무상(無常)의 참뜻을
헤아리지 못한
어리석은(痴) 마음

깊은 사연 하도 많아
세상 인연 이별하고
이 산 저 산 떠돌건만

낮과 밤 따로 없이
애간장 검게 타고
끊어질 줄 모르는
쇠사슬 인과응보

그때는 몰랐었고
때늦은 참회 눈물
오늘도—
내일도—
그러나 그러나

거지 방랑객
요절한 후에
몸에서 나온 건
2.75kg의 먼지뿐

거죽에 새겨진
석 자의 주홍글씨
지옥으로 떠나는
한 장의 승차권

쇼팽과 클라라의 사랑을 위해

사랑하지 말아요 그대여
새장에 갇혀 날지 못해요

님아 원하는 건 하나뿐
바라만 보아도 그뿐

날고 싶어요 그대여
가슴 속 넘치는 사랑

님아 알고 있다오 눈물
향한 사모는 오직 하나요

죽어가고 있어요 그대여
마지막 키스는 당신이

임아 어찌 이대로 떠나요
내 품에 한번 안기고 가지

해어화解語花 – 야화를 위로하는 노래

밤이슬에
목욕하는 야화(夜花)
한숨도 한탄도
뭇 사내 품에서
그저 잊을래야

장구소리 흥이라
동동 뜨는 꽃잎
애달픈 해금소리
마음을 녹이어라

헤매는 귀신들(男)
광란의 살풀이
한 많은 사연들
버려진 뒤안길

찢긴 젖가슴
저고리 속 감추고
수줍은 척 몸짓과
아롱 짓는 눈웃음

밤에만 피는
슬픈 야화(夜花)

상처뿐인 가슴에
숯가루 뿌려도

방황하는 귀신들(뭇 사내)
인생살이 천도 위해
기꺼이 품어주는
보살 같은 해어화여

술 취한 귀신들
석녀(石女)의 손을 잡고
영혼의 춤을 추는
흔들리는 불알아

주신(酒神)의 술상 위에
작두 타는 야화여
슬픔 안은 영혼이여
가련한 해어화여

한을 담은 초롱불
바람이 불기 전에
해어화 한 송이
새벽안개 오르는
고요한 호수에
잠들게 하고파라

(해어화는 말하는 꽃, 즉 미인)

회상

모든 인연
이승에 두고
가슴에 빗장을
지르던 그날

어슴푸레 들리던
온몸 떠는 여인네
흐느끼는 절규 소리
희미한 그림자

갓난아이 숨쉬는
살아 있는 송장
사대(地水火風) 빌린 몸뚱이
버리지 못하고

팔다리 묶인 채
저주받은 생명
북두칠성 못 찾는
한 마리 짐승은

꺼이꺼이 울음소리
복받치는 가슴 안고

하늘이여!
하늘이여!

저주받은
이 생명 거두어 주소서…
목이 터지도록
외친다

아름다운 사람들(노동자들에게 바침)

해가 뜨기 전에
정신없이 일어나는
우리는

서쪽하늘 별을 보며
일터로 끌려가는
우리는

무엇을 위하여
메마른 삶을 사는가
우리는

시곗바늘 원 안에
갇혀 빙빙 도는
우리는

육체의 파괴
정신의 파멸
영혼의 실종

한순간만이라도
탈출을 위하여

해가 지는 어둠 속

선술집 뒷골목
끼리끼리 모여서
미치도록 마시며

세상 향해 통곡한다
하늘 보고 숨 쉰다
우리는

무정無情

사랑이 무엇인지 몰랐습니다
사랑할 가슴도 없었습니다
사랑 받을 마음도 없었습니다

무정(無情)의 씨앗으로
잉태(孕胎) 되었고
향기 없는 모란화(花)로
자라 왔기에

태양의 고마움도
바람의 소중함도
구름의 은혜함도
몰랐습니다

갈 곳 잃은 나그네
어두운 토굴(土堀) 짓고
적당한 비굴함으로
거만한 자만심으로

백팔 염주 삼키며
어제도 오늘도
피 토하는 소쩍새

한 마리 되었습니다

초승달보다도
그믐달이 좋았고
동녘 햇살보다도
서쪽 황혼 좋아서

서산 샛별 뜨도록
보름달 얄미워
계수나무 한 가지
산토끼 쫓다가

홀연히 문득
뜨거운 눈물 흐르니
사랑의 눈물임을
알았습니다

바보가 혼자 사는 이유

유치원 때 엄마에게 말했다
엄마 사랑해
—엄마도 하늘 끝
　땅 끝만큼 사랑해

초등학교 때 짝꿍 미자에게 말했다
나 너 사랑해
—까불면 맞는다

중학교 때 옆집 명자에게 말했다
나 너 사랑해
—이게 미쳤나 우린 친구야

고등학교 때 이웃 학교 민지에게 말했다
나 너 사랑해
—아직은 아니야 대학 가고 나서

대학 때 같은 과 숙자에게 말했다
나 너 사랑해
—좀 더 생각해 보자 군대 문제도 있고

사회 나와서 같은 팀 성옥에게 말했다

나 너 사랑해
—너 연봉이 얼마야
  집은 몇 평인데
  너의 아빠는 뭐 해

홀아비가 과부에게 말했다
사랑하우
—한 달 연금은 얼마요
  땅을 내 앞으로 해주겠수

그래서 결심했다
이 세상엔 사랑 따윈 없다(울 엄마 빼고)
이유가 어디 있어요?
조건이 필요한가요?
돈 없고 빽 없으면
웬만하면 혼자 살~거~라

—바보그지의 생각

세월 가는 소리

재깍재깍
가는구나
가는지 오는지

세월 가는
흐름의 소리
초침의 속도

흰머리 한 올 두 올
지팡이 또 하나의 발
꼬부랑 할매 할배

얼굴에 저승꽃 피면
삶의 기로에 선
인생 종착역

번개 같은 흐름에
인생도 사랑도
재깍재깍

먼저 가신 님
그리워할 날도

여삼추 여일

님 만나는 날
님 두 손 잡는 날
그 소리 멈추려나

마지막까지도

먼 동네 수탉이 홰치는 소리
눈은 떴으나 정신은 오락가락

온몸은 무명천에 묶인 듯
요동도 못하는 사형수의 오랏줄

눈가에 흐르는 눈물은
어리얼 귀고랑을 타고

심장은 바위 밑에 깔린 듯
가슴은 불에 타는 덤불의 손짓

머릿속은 호랑이 으르렁대고
온몸엔 소낙비 내리네

몸뚱이 병이 드니 기껏 송장놀이
이승살이 아직도 할 일은 있소만

사무친 그리움도 뼛속 타는 고독도
두렵거나 겁나 하지 아니했고

바보그지

별나고 사연 많은 인생살이
후회도 미련도 없소이다

이렇게 가는 것은 원망 없으나

사자야 사자야 저승사자야

질긴 인연 자식 놈들
얼굴 한번 한 소식만이라도

못난 애비 용서를
빌고 가자
듣고 가자
보고 가자

미친(철학자)놈이 묻기에 바보(그지)가 답하다

?—!
왜 태어났소— 지옥 가서 울 엄니한테 물어봐라

밥은 왜 드시오— 너는 왜 처먹느냐

사랑은 왜 하오— 사랑 따윈 없다

돈은 왜 필요하오— 니 에미한테 물어봐라

여자는 왜 필요하오— 독사 주둥아리를 물어라

권력 욕심은 없소— 냄새난다 개도 안 처먹는다

인생을 아시오— 죽기 삼 일 전에 말해주마

행복을 아시오— 죽는 날 말해주마

죽음을 아시오— 꽃상여 타는 날 말하리라

천당이요 지옥이요— 에이 씨부럴 놈아
저승사자 만나고 와서 말할겨

외로우면 한잔하시게

꽃잎이 날리면
그대 나에게로 오라

겨우내 감춰진 그대의 고통
숨 막히던 그대의 절대고독

봄비를 술 삼아
떨어지는 꽃잎을 안주 삼아

내 마음 그대 마음
미치도록 아리랑 고개

사랑이 오라 하면 가자
구름이 가자 하면 가자

나비 따라 춤을 추고
꽃향기에 취해 보자

지화자 좋을시고
잔을 들어라
그대를 위하여— 건배!

밤이여 원하노니

떨어지는 낙엽
허무의 군상들이여
나목의 젖을 빠는
만상의 조각들이여

낯선 이에 끌려가는
아지들의 눈물이여
삶에 지친 인생들의
질질대는 오줌 줄기여

밤이여!
어둠의 장막을 주어라
빛을 잃은 사토의 영혼이여
통곡의 소리에 개춤추는 군상과
무녀와 바람난 총각귀신
파란 피 흘리도록
목을 쳐라

어두움이여!
칠흑 같은 삶의 2막에
평등한 자유와 휴식을 주어라
별마저 사라진 미로에

맹인의 진실한 몸부림으로
가식과 위선자의 눈깔을
뽑아버려라

사랑도—미움도
전쟁도—평화도
가난도—부유함도
명예도—굴욕도
일등도—꼴찌도

어둠의 광기여!
새벽닭 소리에도
비굴하지 않고
물러섬이 없는
장수의 비검으로

어둠 앞에 무릎 꿇려
모두 베어버려라
흐르는 강물에 뿌려
어둠의 바다에
잠들게 하라

왜 사냐고 묻거든

오는 구름처럼
가는 바람처럼

산새들 노랫소리
다람쥐 재롱떨고

나뭇가지 춤추면
청설모 문안 인사

울다 웃다
미쳐서 살다 보면

이 세상 버리는 날
가슴속 품은 님

스치듯 지나다
향기라도 전할까

그래도 여보게나
꽃상여 떠나는 날

노제 상 올릴제
석 잔 술은 꼭 주시게나

비가 오네요(봄비는 님의 눈물)

그리움이 너에게로
보고픔이 나에게로

님이 참아 왔던
실타래 연정
가슴에 휘감겨
눈물에 아롱 새겨

한 올 한 올 추억이
나에게로 와
꽃비가 되었나 보다

흘러간 세월만큼
아프도록 사랑했나 봐

그래 그래

잊히지 않는
둘만의 가슴에
소중한 눈물
구름에 실려

침묵의 속삭임
오늘 나에게로 와
눈물 비 흘리나 보다
(· · · · · · · · · · · · · ·)

구름아! 내가 그렇게 만만하더냐

구름아
내 마음 훔쳐다
꽃잎 진 장미 덩굴 속에
처박아버리느냐

만만하더냐
나의 침묵 데려다가
저잣거리 한복판에
내동댕이쳐버리느냐

구름아 내가 그렇게 만만하더냐
나의 사랑 꼬드겨서
주막집 과부년의
치마 속에 내팽개치더냐

구름아
그래도 그래도
내 영혼을 앗아간다 하여도
내 심장을 도려낸다 하여도

빠르게 때로는 느리게
떠날 시기 안다오

울다가 때로는 웃으며
고개 들어 하늘을 우러러본다오

구름아
반항하다 때로는 순응하며
빠르게 때로는 느리게
희가(喜歌)로 애가(哀歌)로
노래할 수 있다오

그러나 그러나
바람아
달과 별과 감히 내가
교감(交感)할 수 없음을
애달파 한탄하노라

술주정뱅이 방랑자(술꾼들만 보아요)

만취한 나그네
별을 헤아려보는데

동쪽별 세다 보면
서쪽 하늘 가 있고

남쪽별 세다 보면
북쪽 하늘 가 있고

그믐달 나보고 비웃는다

묘주(새벽 술)에 만취하여
달 보고 한판 붙자
시비 걸며 삿대질에
씨팔좆팔 욕지거리

그믐달 산등선
약 올리며 간 데 없고

지나가던 똥개가
나에게 시비 걸고
무릎 꿇고 개 되어
한판 붙자 으르렁

북네스트 詩選

길에서 영혼을 달래다

2018년 9월 28일 초판 발행

지은이 김명수
발행인 겸 편집인 김낙봉
디자인 성화숙
교 정 우정민
발행처 북네스트
출판등록 2016. 4. 19(제2016-000066호)
주소 경기도 고양시 일산서구 강성로 232번길 16-2
전화 070-8200-6727
팩스 031-622-9863
독자문의 laejoo@naver.com

ISBN 978-89-93409-27-7 03810

사람을 행복하게 하는 출판사 북네스트

이 도서의 국립중앙도서관 CIP는 서지정보유통지원시스템 홈페이지 (http://seoji.nl.go.kr)와 국가자료공동목록시스템(http://www.nl.go.kr/kolisnet)에서 이용하실 수 있습니다.(CIP제어번호: CIP2018026284)